SABINE JÖRG

Molli Maulwurf

und das Dideldudelding

ILLUSTRIERT VON BRIGITTE SMITH

1.

In einem kleinen Dorf waren fünf Kühe zu Hause. Sie hießen Anni, Berti, Rosi, Susa und Emilie. Anni, Berti, Rosi, Susa und Emilie lebten auf einer saftigen Weide. Da wuchs alles, was sie sich nur wünschten: Sauerampfer, Löwenzahn, Butterblumen, dunkelgrünes Gras und allerlei schmackhafte

Kräuter. Den Kühen lief das Wasser im Maule zusammen, wenn sie morgens den frischen Tau auf den Sumpfdotterblumen sahen. Genüßlich rupften sie mit ihrer langen rosa Zunge Blüten und Gräser ab. Und weil die Sonne oft schien, wuchsen der Sauerampfer, der Löwenzahn und die Butterblumen schnell wieder nach.

Wenn Anni, Berti, Rosi, Susa und Emilie satt waren, machten sie es sich im hohen Gras bequem. Da kauten sie noch eine Weile weiter. Kühe kauen alles, was sie fressen, gründlich durch. Die Unterkiefer bewegen sich dabei gleichmäßig von der einen Seite auf die andere. So genießen sie ihre Mahlzeiten lange.

2 9887-8

Anni, Berti und Rosi waren braungefleckt. Susa hatte schwarze Flecken auf Bauch und Rücken, und Emilie war fast am ganzen Körper schwarz. Vielleicht war sie auch dunkelbraun. Das kann man nicht so genau sagen. Emilie saß nämlich gerne im Matsch, und wenn eine schwarze Kuh in braunem Matsch sitzt, ist sie bestimmt nicht mehr schwarz.
Alle Kühe hatten weiche, pelzige Ohren und kühle, feuchte Mäuler. Anni, Berti, Rosi, Susa und Emilie

ließen sich gerne bewundern. Sie waren eitel. Deshalb bekamen sie oft Streit. Rosi fand, daß sie und Anni die hübschesten Kühe seien. Anni gab ihr meist recht, wenn sie sich selbst nicht gerade am aufregendsten fand. Berti bestand darauf, sie sei die schönste aller Kühe. Susa behauptete, anmutig sei eine Kuh nur, wenn sie mindestens einen schwarzen Fleck vorweisen könne. Emilie schließlich fand nur schwarze, matschige Kühe wirklich schön.

Anni, Berti, Rosi, Susa und Emilie hatten die herrliche Weide fast für sich allein. Außer ihnen wohnten dort nur noch vier Frösche, zwei Maulwürfe, eine Katze, einige Mäuschen und ein Schwarm Fliegen. Die Kühe beachteten diese kleinen Tiere aber gar nicht. Sie ärgerten sich nur ab und zu über die Fliegen, die sich in ihren feuchten Nasenlöchern tummelten.
Anni, Berti, Rosi, Susa und Emilie konnten froh sein, daß die Frösche manch eine Fliege zum Abendbrot verspeisten.
Was die Katze angeht, so ließ sie sich nur in den Abendstunden blicken.
Aber da waren noch die beiden Maulwürfe.

Das Zuhause von Herrn und Frau Maulwurf war unter der Erde. Aber sie streckten manchmal die Nase über den Erdboden, um die Kühe zu begrüßen. Anni, Berti, Rosi, Susa und Emilie fühlten sich dadurch jedoch nur belästigt. Die Maulwürfe schaufelten nämlich mit ihren breiten Schaufelfüßen lehmige Erde nach oben. Als Berti

einmal einen zartgrünen Sauerampfer verdrücken wollte, türmte Herr Maulwurf genau an dieser Stelle einen Erdhaufen auf. Der Sauerampfer wurde darunter begraben. Berti hatte nicht den köstlichen Ampfer, sondern knirschende Erde im Maul. Anni, Rosi, Susa und Emilie erging es nicht besser. Susa geriet mit ihrem lin-

ken Hinterfuß in ein Loch, das Frau Maulwurf ausgegraben hatte. Dabei verstauchte Susa sich den empfindlichen Knöchel. Drei Wochen mußte sie einen Kamillewickel tragen. Kurzum, die Maulwürfe ärgerten die Kühe, obwohl sie es wahrscheinlich nicht mit Absicht taten. Oder vielleicht doch? Maulwürfe sind eigentlich hilfsbereit und freundlich. Aber die Kühe hatten noch nicht einmal den Gruß von Herrn und Frau Maulwurf erwidert . . . Statt dessen schimpften die Kühe auf diese „nichtsnutzigen Kleintiere“. Sie schimpften und kamen sich selbst wieder einmal recht klug und schön vor.

2.

Aber die Kühe hatten sich getäuscht. Herr und Frau Maulwurf waren weder nichtsnutzig noch eigentlich klein. Es sollte sich zeigen, daß die beiden Maulwürfe in gewisser Hinsicht sogar ganz groß waren . . .

3 9887-8

Eines Morgens geschah etwas äußerst Erstaunliches. Beim ersten Sonnenstrahl blinzelte Emilie verschlafen ins Licht. Aber was sah sie da? Emilie war sofort hellwach und versuchte, auf die Beine zu kommen. Vor Schreck vergaß sie, ob eine Kuh zuerst mit den Vorderfüßen oder zuerst mit den Hinterfüßen aufsteht. Sie wankte hin und her, bis sie endlich ihr Gewicht gleichmäßig auf alle vier Füße verteilt hatte.
Inzwischen war auch Rosi aus ihren Träumen erwacht. Als sie die Augen öffnete, stieß sie einen schrillen Entsetzensschrei aus. Damit weckte sie alle anderen. Am Weidezaun stand ein merkwürdiges Ding. Es sah aus wie ein hun-

dertjähriges Ungeheuer, aber es bewegte sich nicht. Eckig war es. Nein, eigentlich war es eher rund. Rund? Vielleicht kann man es so sagen: Oben war es eher eckig und unten eher rund. Auf der linken Seite war es ganz dünn und auf der rechten sehr, sehr dick. In der Mitte schillerte es aus einer tiefen Öffnung froschgrün und

papageililа heraus. Die Öffnung war mit einer durchsichtigen Scheibe ausgefüllt. Am ehesten sah dieses Ding vielleicht aus wie ein riesiger Maulwurfshügel, auf dem Frösche herumgeturnt haben und durch den Mäuse einen Gang gewühlt haben. Warum allerdings dieser Gang so schillerte, ist damit noch nicht geklärt.
Die Kühe standen im Halbkreis um das Ding herum. Sie waren wie versteinert. Lange Zeit rührte sich nichts. Einmal bewegte Susa ein Ohr. Endlich faßte eine der fünf Mut und tat einen Schritt nach vorn. Natürlich war es Emilie.
Emilie ging vorsichtig auf das Ding zu, jederzeit bereit, sofort wieder umzukehren. Eine Kuhkopfbreite

trennte sie noch von dem wunderlichen Ungeheuer. Da blieb sie fest mit ihren vier Füßen auf der Erde stehen und reckte nur den Kopf noch weiter nach vorn. Das Ding roch nach gar nichts. Essen konnte man es anscheinend nicht. Lebendig war es wohl auch nicht, sonst hätte es sich doch schon längst

einmal gerührt. Vielleicht brauchte man gar keine Angst davor zu haben? Emilie war unentschlossen. Was sollte sie tun? Zurück wollte sie nicht. Die anderen sollten sehen, daß sie die wagemutigste von allen war. Außerdem war Emilie neugierig.
Während sie nachdachte und dabei unentwegt das seltsame

Ding anstarrte, erkannte Emilie plötzlich etwas hinter der Scheibe des Dinges. Emilie erschrak heftig. Hatte sich da nicht ein Tier bewegt, ein seltsames großes Pelztier? Es hatte ein dunkles Fell und große Schaufelfüße. Die Nasenspitze glänzte. Obwohl das Tier groß aussah, schien es aber doch weit weg zu sein, denn Emilie konnte es nur ungenau erkennen. Emilies Neugier wuchs und wurde größer als die Angst. Die trennende Scheibe machte sie mutig, sie preßte das Gesicht ganz platt an die Scheibe.

Währenddessen blickten Anni, Berti, Rosi und Susa starr auf Emilie. Das heißt, sie sahen ja nur noch Emilies Hinterteil. Das wurde

ihnen bald langweilig. Susa stupfte Emilie, und Anni fügte noch einen Knuff hinzu. Da drehte Emilie umständlich ihren Kopf herum und brummte verärgert: „Stört mich nicht."

Nun sprangen Anni, Berti, Rosi und Susa durcheinander. Sie schimpften: „Erst bewachen wir

Emilie, und nun verrät sie nicht einmal, was dieses DIDELDUDEL-DING ist."
Natürlich wollten jetzt alle gleichzeitig durch die Scheibe in die tiefe Öffnung des DIDELDUDEL-DINGs hineinsehen. Anni, Berti, Rosi und Susa drängelten und drückten. Da wurde es Emilie zu

4 9887-8

bunt. Freiwillig machte sie Platz und ließ die anderen vor.
Rosi und Berti, Susa und Anni drückten ihre Köpfe nacheinander an der Scheibe des DIDELDUDEL-DINGs platt. Sie waren nicht wenig erstaunt, als sie dort das Bild eines großen Pelztieres erkannten. Das Tier bewegte sich. Es baggerte Erde beiseite wie ein riesiger Schaufelbagger.

Rosi und Berti, Susa und Anni gefielen die Bilder im DIDEL-DUDELDING. Sie reckten und streckten ihre Köpfe, um nur ja nichts zu versäumen. Auch Emilie drängelte sich wieder vor.
So krochen die fünf Kühe, die zunächst große Angst vor dem Ding gehabt hatten, diesem Ding geradezu in den Rachen. Es sah schon sehr komisch aus: Fünf ausgewachsene Kühe, in der äußersten Ecke ihrer Weide zusammengedrängt, die Köpfe abwechselnd an das DIDELDUDELDING gedrückt. Ob das DIDELDUDEL-DING so etwas wie ein Fernrohr war?

Natürlich hatte die Katze Mia schon lange bemerkt, daß die Kühe sich anders als sonst benahmen. Auch die Frösche waren neugierig zu den Kühen hinübergehüpft, um einen Blick ins DIDELDUDELDING zu werfen. Aber das gelang ihnen nicht. Berti stampfte mit ihrem schweren Rinderfuß dreimal auf, da stoben die Frösche quakend auseinander. Als Rosi sah, daß auch die Katze ein Plätzchen am DIDELDUDELDING zu erschleichen versuchte, quetschte Rosi sich noch dichter an das Ding heran. Da trollte Mia sich. Nun hatten die Kühe das Ding ganz für sich allein.

3.

Der Vormittag verging. Anni, Berti, Rosi, Susa und Emilie rührten sich nicht vom Fleck. Nur ab und zu bewegte sich ein Kuhschwanz leicht hin und her. Während dieser Zeit tummelten sich Schmetterlinge auf der bunten Weide. Sie flatterten vom Löwenzahn zur

Kamille und verweilten bei den blauen Glockenblumen.
Die Sonne schien. Weil die Kühe an dem DIDELDUDELDING zusammengedrängt standen, wurde es ihnen heiß. Dicke Schweißtropfen troffen an den Kuhbäuchen herunter. Das kitzelte. Wenn Anni, Berti, Rosi, Susa und Emilie eines nicht leiden konnten, dann war es etwas Kitzelndes oder Krabbelndes am Bauch.
Rosi schubste Berti beiseite und schimpfte: „Deine kribbeligen Fliegen kannst du selbst behalten."
Berti war beleidigt. Bei ihr brummten nicht mehr Fliegen herum als bei den anderen. Mit empörter Stimme gab sie zurück: „Du kannst wohl deine eigenen

schmutzigen Schweißtropfen nicht von den schönen Fliegen unterscheiden."
Auch Anni war gereizt. „Schön nennst du diese Fliegen? Schön? Das kann man ja wohl nur sagen, wenn man so häßlich ist wie du."
Jetzt mischte sich auch Susa ein: „Könnt ihr denn nicht stillstehen? Ihr kommt mir vor wie eine Bande tropfender Frösche. Quak."
Anni, Berti, Rosi, Susa und Emilie wurden gehässig. Keiner hätte

geglaubt, daß diesen fünf Kühen so schlimme Wörter einfallen würden. Sie waren zu gemein, als daß man sie aufschreiben dürfte. Aber nicht genug mit der Schimpferei. Nun begannen sie auch noch, einander zu treten. Mit gesenkten Köpfen stampften sie aufeinander zu und stießen mit den Hörnern zusammen.

Anni, Berti, Rosi, Susa und Emilie waren meist friedlich gewesen, aber jetzt glichen sie eher wilden Stieren als gemütlichen Kühen. Endlich ließen sie sich erschöpft und beleidigt ins Gras fallen. Sie würdigten sich gegenseitig keines Blickes, sondern starrten stur vor sich hin.

*

Am nächsten Morgen trieb die Neugier Anni, Berti, Rosi, Susa und Emilie wieder zusammen. Nein, sie frühstückten nicht gemeinsam, sondern alle fünf kamen zum DIDELDUDELDING gelaufen. Die Augen waren noch vom Schlaf verklebt, da glotzten sie schon wieder in das DIDEL-DUDELDING. Zugegeben, schöne Dinge waren dort zu sehen. Das

5 9887-8

Fell des unbekannten Tieres glänzte wie Seide, und seine Augen leuchteten stärker als der edelste Edelstein. Zu ihm gesellte sich noch ein Tier. Sie putzten sich gegenseitig. Kurz, den unbekannten Tieren hinter der Scheibe des DIDELDUDELDINGs schien es gutzugehen. Anni, Berti, Rosi, Susa und Emilie sahen wie gebannt zu. Sie vergaßen alles um sich herum. Langsam stieg Unzufriedenheit in ihnen auf.

„Die haben es besser als wir."

„Die Erde sieht brauner aus als bei uns."

„Warum haben wir keine Wurzeln auf der Weide wie die da?"

Anni, Berti, Rosi, Susa und Emilie hätten sich nur umzudrehen brauchen. Wer den Kopf am DIDELDUDELDING hat, kann natürlich nicht die eigene Weide sehen.

„Mit so netten Tieren möchte ich auch mal zusammen weiden", jammerte Rosi.

„Die machen sich sogar gegenseitig das Fell sauber“, bemerkte Emilie.

„Die haben aber auch ein schöneres Fell als du“, stichelte die geschwätzige Rosi.

„Bilde du dir ja nichts auf deine braunen Flecken ein“, bemerkte Susa.

Schon stritten die fünf wieder.
So ging es eine ganze Weile. Keine Kuh ließ an der anderen ein gutes Fleckchen. Anni, Berti, Rosi, Susa und Emilie hockten zwar nebeneinander, aber sie konnten sich nicht mehr leiden. In die Ferne starrten sie, hin zu den Pelztieren im DIDELDUDELDING. Nie überlegten

sie, woher diese Bilder aus dem DIDELDUDELDING eigentlich kamen . . .
Wenn Kühe unzufrieden und wochenlang schlecht gelaunt sind, geben sie kaum noch Milch. So war das auch bei unseren Kühen. Am Ende fühlten sich Anni, Berti, Rosi, Susa und Emilie zu nichts mehr nütze. Aber wie sollten sie die schlechte Laune wieder loswerden?

4.

Da traf es sich günstig, daß eines Tages das Ding verschwunden war. Es war weg, einfach weg. An seiner Stelle war ein großer Erdhaufen aufgeworfen, und oben auf diesem Erdhaufen saß Frau Maulwurf. Nun ist ja bekannt, daß Maulwürfe nicht sehen können. Sie leben unter der Erde, da brauchen sie ihre Augen nicht. Dennoch spürte Frau Maulwurf, wie die fünf Kühe sie anstarrten. Aber anstatt sofort im Boden zu verschwinden, tappte sie lässig mit der rechten Vorderpfote auf den Boden. Die Kühe

standen plump und ein wenig hilflos da. Frau Maulwurf (ihre Freunde nannten sie übrigens Molli), also Molli Maulwurf wußte, wie sie mit den fünf ratlosen Kühen umzugehen hatte.
Freundlich sprach sie von der Spitze ihres Erdhaufens herunter: „Nun, ihr Lieben, wie gedenkt ihr diesen wunderschönen Tag zu verbringen?“
Genau das wußten Anni, Berti, Rosi, Susa und Emilie nicht. Stumm, ein wenig gebeugt, blieben sie vor Molli Maulwurf stehen.
Da fuhr Molli Maulwurf fort: „Wir spielen gerade. Wenn ihr wollt, könnt ihr mitspielen.“
Nun wurden die fünf doch munter.
„Spielen?“ entfuhr es Susa.

„Wer ist denn ‚wir'?" wollte Anni wissen.
Molli Maulwurf erklärte geduldig: „Wir, das sind Theo Maulwurf, die Katze Mia, die Frösche Quak, Quäk, Quik und Quek. Manchmal, wenn Mia gerade unterwegs ist, spielen auch die Mäuschen mit; ich selbst bin natürlich immer dabei", schloß Molli Maulwurf ihre Rede.
Anni und Berti hatten ihre Entrüstung kaum unterdrücken können: Mit diesen häßlichen Kleintieren sollten sie spielen?
Rosi und Susa waren noch immer

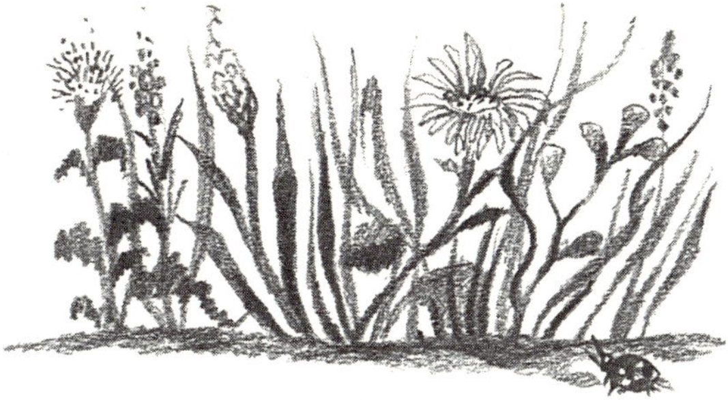

ein wenig benommen. Ganz auf sich alleine gestellt, wußten sie nicht recht, wie sie Frau Maulwurf begegnen sollten.
Wieder einmal war es Emilie, der es gelang, die Würde zu wahren. „Nun gut, Molli", sagte sie, „wie du weißt, haben wir immer große Zuneigung zu allen Tieren auf unserer Weide gehegt. Welcher Art ist denn das Spiel, das ihr spielt?"
Molli Maulwurf konnte ein übermütiges Lächeln nicht unterdrükken. Dann antwortete sie: „Kommt mit zu Theo, Mia, und Quak, Quäk,

Quik und Quek. Wir erklären es euch gemeinsam.“
Mit ihren breiten Füßen stapfte Molli Maulwurf behende voran. Anni, Berti, Rosi, Susa und Emilie folgten gehorsam.
Als dieser Zug nun bei Theo Maulwurf, der Katze Mia und den Fröschen eintraf, ging dort ein großes Palaver los. Theo Maulwurf öffnete sein breites Maulwurfsmaul. Mia fiel ihm ins Wort, und die Frösche quakten ungehemmt los. Alle waren bemüht, den Kühen einen freundlichen Empfang zu bereiten.

5.

Als die Aufregung sich ein wenig gelegt hatte, ergriff Molli das Wort: „Liebe Freunde, ab heute spielen unsere Kühe mit. Darf ich euch vorstellen: Anni, Berti, Rosi, Susa, Emilie.“
Berti schnappte nach Luft. Wie konnte Molli Maulwurf behaupten, daß sie mitspielen wollten, während sie doch noch gar nicht wußten, welches Spiel da gespielt wurde?

Aber Molli sprach schon weiter: „Wie ihr alle wißt, sind unsere fünf Kühe dem DIDELDUDELDING verfallen."

Molli warf einen vielsagenden Blick in die Runde ihrer Freunde, dann fuhr sie fort: „Es wird also eine Weile dauern, bis sie wieder richtig spielen können. Aber ich meine, wir sollten ihnen eine Chance geben und etwas Geduld aufbringen."

Mittlerweile waren Anni, Berti, Rosi, Susa und Emilie so neugierig auf das Spiel geworden, daß sie nun endlich erfahren wollten, was es damit auf sich habe. Unruhig bewegten sie die Köpfe hin und her, wackelten mit den pelzigen Ohren und schleckten mit den

rosa Zungen über ihre ohnehin schon feuchten Schnuten.
Molli sah ein, daß sie nun die Erklärung nicht mehr länger hinauszögern konnte. „Tja“, begann sie, „es gibt Tiere, die denken immer nur an sich, und dabei merken sie gar nicht, wie komisch sie sind.“
Spitzbübisch blinzelte Molli ihren Freunden zu. „Könnt ihr euch ausmalen, wie eine Kuh aussieht, die versucht, auf den Vorder- und den Hinterbeinen gleichzeitig aufzustehen?“

Alle Tiere hielten sich den Bauch vor Lachen, Anni, Berti, Rosi, Susa und Emilie natürlich ausgenommen. Die Kühe waren kurz davor, beleidigt von dannen zu stampfen.
Da meldete sich Theo Maulwurf zu Wort: „Liebe Kühe“, fing er an, „ihr lieben, klugen Kühe: Anna, Berta, Rosa, . . .“
„Anni, Berti, Rosi“, flüsterte Molli ihm ins Ohr.
Theo Maulwurf räusperte sich, dann fuhr er fort: „. . . und auch Susi und Emmi –“
Schon unterbrach Molli ihn ein zweites Mal: „Susa, Emilie!“

Da verlor Theo Maulwurf die Beherrschung. „Jetzt rede ich und nicht du“, schimpfte er, und seine Nase zitterte richtig vor Ärger. Molli murmelte eine Entschuldigung, und Theo Maulwurf begann seine so wohl vorbereitete Rede noch einmal von vorn. Er holte tief Luft, strich sich die Haare aus der

7 9887-8

Stirn und erlangte seine Fassung wieder. „Liebe Kühe, ein Tier will unterhalten sein, und (Herr Maulwurf sah tiefsinnig in die Runde) ein Tier ist neugierig, unbedingt gierig auf Neues! Was folgt daraus?"
Anni, Berti, Rosi, Susa und Emilie waren höflich, ja fast ein wenig

bewundernd den Worten von Theo Maulwurf gefolgt. Auf alles waren sie gefaßt, nur nicht auf eine Frage. Da wußten sie natürlich keine Antwort.

Vielleicht hatte Theo Maulwurf auch gar keine Antwort erwartet, denn er holte schon wieder tief Luft.

Aber Molli war schneller: „Lieber Theodor, (so nannte sie ihn immer, wenn sie etwas an ihm auszusetzen hatte) dein Vortrag ist langweilig. Kühe sind zwar schwere Tiere, aber sie lieben eine einfache Sprache. Halte dich bitte nicht mit großen Worten auf – denn davon verstehst du genauso wenig wie wir."

Theo schnappte nach Luft, und

nun wäre es fast zu einem Ehekrach zwischen Molli und Theo Maulwurf gekommen.
Aber jetzt war der Zeitpunkt für das Kätzchen Mia, sich bemerkbar zu machen. Mit ihrer feinen, aber festen Stimme verschaffte sie sich Gehör: „Ihr Lieben, laßt uns bitte nicht den gleichen Fehler begehen wie diejenigen unter uns, die einem gewissen DIDELDUDEL-DING verfallen sind.
Am Ende haben sie sich nur noch gezankt . . ."
Diesmal schnappten die Kühe nach Luft, aber Mia fuhr schon fort: „Wir sind zusammengekommen, um zu spielen. Jedes Tier zeigt ein Kunststück, das nur es alleine beherrscht: Zum Beispiel

können von uns allen nur die Frösche hüpfen und Fliegen im Flug aufschnappen. Ich dagegen bin eine Meisterin im Anschleichen, auch habe ich noch nie jemanden so schön schnurren hören wie mich selbst. Jedes Tier führt also etwas vor, und wenn einer meint, er könne das Kunststück nachmachen, dann soll er das tun. Gelingt es ihm, bekommt er einen Pluspunkt."

Und weil Mia wenig vom Erklären und viel vom Vormachen hielt, fing sie gleich mit ihrer Vorstellung an, setzte sich so geschmeidig wie ein Tiger in Bewegung, strich jedem einmal mit ihrer schwarzen Schwanzspitze über das Fell und räkelte sich dann genüßlich in der Wiese.

Nun sprang der Frosch Quak herbei, klappte einmal seinen rechten, dann seinen linken Augendeckel

herunter. Dann hüpfte er mitten in eine lehmige Pfütze, spritzte alle rundherum naß und ließ dabei sein unverkennbares Quak verlauten.

Jetzt versuchten die kleinen Tiere, sich mit immer ausgefalleneren Kunststücken gegenseitig zu übertreffen.

Nur unter den Kühen herrschte Ratlosigkeit: Sie waren über die Kunststücke so erstaunt, daß ihnen selbst nichts einfallen wollte. Endlich gab Anni ein bedrücktes „Muh" von sich.

Die Tiere horchten auf. Sie dachten, Anni wolle ihre Vorstellung beginnen. Es wurde still in der Runde, und Anni blieb nun wirklich nichts anderes übrig, als ihr Kunststück

vorzuführen. Sie pendelte mit ihrem Kuhschwanz langsam hin und her, so wie das Pendel einer alten Uhr. Daß dies aus Verlegenheit geschah, bemerkten die anderen gar nicht, denn schon veränderten sich die Bewegungen zu einem Taktschlag wie beim Schlagzeuger in einem Musikorchester. Anni drehte ihren Kuhschwanz schließlich so schnell im Kreis wie Hubschrauberflügel. Alle waren begeistert und spendeten Anni viel Beifall. Auch den anderen Kühen gelangen Kunststücke, obwohl sie selbst zunächst

nicht daran glauben wollten. Alle freuten sich, lachten, klatschten Beifall und tanzten übermütig herum.
Es würde zu lange dauern, von den Vorstellungen aller Tiere zu berichten. Nur soviel sei gesagt: Unglaublich, wie viele einzigartige Kunststücke allein schon zwölf Tiere vorführen können.

8 9887-8

Die Kühe hatten ihre Meinung von diesen „Kleintieren", mit denen sie zuerst nicht spielen wollten, schnell geändert, und auch untereinander schienen sie sich nun mit anderen Augen zu sehen. Sogar Berti gab zu, daß Emilie in manchem besonders geschickt war. Aufregend war natürlich auch das Nachahmen der Kunststücke. Da wurde durcheinandergerufen und viel gelacht. Nicht, daß sich die Tiere gegenseitig ausgelacht hätten; nein, sie lachten, weil die ein-

fachsten Dinge so schwer sein können: Susa schaffte es trotz großer Anstrengungen nicht, einen Hügel aufzuwerfen, wie Molli Maulwurf ihn alle Tage auftürmt. Und Molli Maulwurf konnte ja noch viel mehr. Einen Augenblick lang überlegte sie, ob sie ihr Geheimnis preisgeben solle. Wollte denn gar niemand wissen, wie das DIDELDUDELDING erst auf die Weide gekommen und dann wieder verschwunden war?
Aber die Kühe schienen das DIDELDUDELDING schon völlig vergessen zu haben.
Na ja, es war ja auch ein Zufall, daß ich diese bunten Scherben und das Vergrößerungsglas in der Erde fand, dachte Molli bei sich.

Erst damit konnte ich den Kühen klarmachen, daß auch Maulwürfe großartige Tiere sind. Eingebildeten Kühen muß man eben mit einem Vergrößerungsglas gegenübertreten.
Molli wurde aus ihren Gedanken herausgerissen. Theo Maulwurf, der – wie alle Maulwürfe – zwar auch blind, aber ein feinfühliger Ehegatte war, hatte sich neben

Molli gesetzt. Er fragte: „Fehlt dir etwas?"
„Nein, ganz im Gegenteil", erwiderte Molli. „Ich sehe nichts, und doch habe ich den Kühen das Sehen beigebracht. Darüber bin ich froh."
„Du siehst sehr wohl", sagte Theo Maulwurf zärtlich und ein wenig stolz, „du siehst die Welt mit den richtigen Augen."
Gerade in diesem Augenblick kamen Anni, Berti, Rosi, Susa und Emilie auf Molli Maulwurf zu, um ihr zu danken.

CIP-Titelaufnahme der Deutschen Bibliothek

Jörg, Sabine:
Molli Maulwurf und das Dideldudelding / Sabine Jörg. Ill. von Brigitte Smith. – München : F. Schneider, 1988
ISBN 3-505-09887-6
NE: Smith, Brigitte:

BENJAMIN®

8000 München 40 - Frankfurter Ring 150

Umschlagkonzeption: Heinz Kraxenberger, München
Titelbild/Illustrationen: Brigitte Smith
Herausgegeben von Monika Raeithel-Thaler, München
Herstellung: Brigitte Matschl
Satz: A. Huber GmbH & Co. KG, München
Druck: Staudigl-Druck, Donauwörth
ISBN 3 505 09887-6
Bestell-Nr.: 9887